RIENZI,

TRAGÉDIE EN CINQ ACTES,

JOUÉE AU CORPS-DE-GARDE

Par Faufau Larose,

POÈTE, TROUBADOUR, ET TAMBOUR-MAÎTRE AUX SAPEURS-POMPIERS;

ET PRÉCÉDÉE D'UNE

EPITRE DÉDICATOIRE

A

GUSTAVE DROUINEAU,

Par un de ses confrères à l'illustre académie de La Rochelle.

PARIS.

IMPRIMERIE DE J. L. BELLEMAIN,

RUE SAINT-DENIS, No 268.

1826.

RIENZI.

RIENZI,

TRAGÉDIE EN CINQ ACTES,

JOUÉE AU CORPS-DE-GARDE.

Par Faufau Larose,

POÈTE, TROUBADOUR, ET TAMBOUR-MAÎTRE AUX SAPEURS-POMPIERS;

ET PRÉCÉDÉE D'UNE

EPITRE DÉDICATOIRE

A

GUSTAVE DROUINEAU,

Par un de ses confrères à l'illustre académie de La Rochelle.

PARIS.

IMPRIMERIE DE J. L. BELLEMAIN,
RUE SAINT-DENIS, N° 268.

1826.

Épître

A

GUSTAVE DROUINEAU.

ÉPITRE

A MON AMI GUSTAVE DROUINEAU.

Ta Muse a donc vengé notre humble Académie !
D'un sommeil léthargique elle était endormie ;
Et depuis que Voltaire, esprit malicieux,
Au nom des immortels, qui ne sont pas des dieux,
Avait félicité leur sœur de La Rochelle
De n'avoir, par vertu, jamais fait parler d'elle,
Elle semblait tenir à conserver toujours
La fleur gage certain de ses chastes amours.
Mais naguère, aux clameurs d'un tragique parterre,
La vierge tressaillit, et se réveilla mère.
Cher Gustave, l'éclat de ton premier laurier
Sur nos fronts fraternels rejaillit tout entier.
Si maint oracle alors sut, d'une voix sonore,
Promettre un long éclat à ta brillante aurore,
Tu sens que La Rochelle, avec avidité,
Accueillait un espoir qui flattait sa fierté ;
Aussi dans nos salons, changés en Capitole,
Montréal et Rienzi s'arrachaient la parole ;
Et tous nos promeneurs, Romains sur le rempart,
Cherchaient encor le Tibre au pied du cours Richard.
De la typographie accusant la paresse,
Combien nous attendions que la docile presse,
Comme un écho fidèle, à nos cœurs attendris,
Apportât les accens qu'applaudissait Paris !
Enfin Rienzi débarque ; et tyran ou grand homme,
Il est chez ton libraire assiégé comme à Rome !
Gustave, ne crains pas que ma pure amitié,
Avec les courtisans, aujourd'hui de moitié,

N'aille d'un lourd encens enfumer ton image ,
Et te faire rougir d'un immodeste hommage.
Sache donc seulement que c'est avec transport
Que nous avons chez toi vu briller sans effort
Ce poétique feu que ton œuvre décèle ,
Et dont les premiers vers trahissaient l'étincelle.
  Mais tu le sais , ami , le plus beau des fleurons
Manquerait au laurier sur les tragiques fronts ,
Si Momus ne mêlait , jusque sur son domaine ,
Le bruit de ses grelots aux pleurs de Melpomène.
J'attendais donc en vain qu'armé de ses pipeaux ,
Et que , sur tes Romains prélevant ses impôts ,
Un malin chansonnier , pour subir la férule ,
Fît descendre Rienzi de sa chaise curule.
Puisque la parodie est muette à Paris ,
De la gaîté chez nous goûtons encor le prix.
Daigne donc pardonner si ma Muse égrillarde
Traîne ta Melpomène au fond d'un corps-de-garde.
Je vois sous le plumet rougir son front hautain ;
Mais depuis que sa sœur , par un autre destin ,
D'un rire sacrilége , en repoussant les charmes ,
Veut , jusque chez Brunet , pleurer à chaudes larmes ,
Il est trop naturel qu'il me soit accordé
De prêter aux douleurs le masque de Vadé.
Quand Térence gémit , Sophocle peut bien rire.
A cette poétique il faut pourtant souscrire ;
Peut-être croyais-tu , dans ta simplicité ,
Que toujours le plaisir fût fils de la gaîté ?
Fi donc ! les médecins de la littérature ,
Nos savans Sganarelle ont refait la nature.
Quelle pitié de voir nos gothiques aïeux ,
Le pampre sur le front et l'éclair dans les yeux ,
Fêter de leurs bons mots et refêter encore
Le Champagne élancé loin du cristal sonore !

Ils croyaient au plaisir ; pauvres petites gens !
Dans leurs étroits cerveaux , à peine intelligens ,
Le soleil novateur, l'astre du romantisme ,
N'avait point fait germer le tendre germanisme.
Dans leurs romans glacés voyait-on les héros
Aimer comme Werther , sous l'habit des bourreaux ?
Jamais d'émotions : leur routine obstinée
A la stérilité pour toujours condamnée ,
Ne savait point orner d'un vers sentimental
Les douceurs de la roue et les charmes du pal.
Jamais du cauchemar les sublimes délices
Ne berçaient le lecteur au bord des précipices ;
Enfin des Og , des Bug , un art ingénieux
N'avait point rencontré les noms harmonieux.
Mais la France aujourd'hui , plus vaste en son génie ,
Suit les pas d'Albion et de la Germanie.
Toi donc, GUSTAVE , toi qui veux de hauts succès ,
Garde-toi dans tes vers de demeurer Français ;
Sache qu'à nos pleureurs la douleur seule est chère ,
Et que le désespoir peut se vendre à l'enchère.
Allons , cherche le spleen , donne en vers ampoulés
Des larmes de commande à des maux simulés ;
Offre pour toute escorte à ta sombre infortune ,
Un déluge de points et force clairs de lune ;
Sur le lac obligé fais souffler l'Aquilon ;
Fais-toi de Jérémie un dévot Apollon ;
Et bientôt va, chargé d'un rouleau funéraire ,
En vendant tes soupirs , rire avec ton libraire.
   Mais quittons l'ironie : aux rimeurs d'outre-mer
Abandonnons la coupe où le miel est amer ;
Au terrestre banquet, buvons, joyeux convives :
L'âge emporte en son vol nos heures fugitives ;
Pour bercer nos ennuis et braver le destin ,
Que la gaîté renaisse et préside au festin.

Ne crois pas cependant que ma Muse frivole
Veuille que de nos cœurs la sagesse s'envole ;
Non : d'un siècle éclairé tu sais que ma raison
Suit le flambeau qui vient reculer l'horizon ;
Mais , Français avant tout, je voudrais qu'au Parnasse
On mît au pilori tous ces Young à la glace,
Qui , d'un peuple élégant et plein d'un goût exquis ,
Trahissent l'heureux type en d'ignobles croquis.
A la philosophie, ami , rendons hommage ;
Mais sachons respecter le goût et le langage.
Horace aussi rêvait dans son riant Tibur ;
Mais aimable et profond , sur son luth toujours pur ,
Il avait consacré , plein d'une double ivresse ,
Une corde au Falerne , et l'autre à la sagesse.
Et notre Béranger , non moins cher aux neuf Sœurs ,
N'enseigne-t-il donc pas à tous ces noirs penseurs
Comment, dans ses tableaux , le goût pur de l'antique
Donne jusqu'aux soucis un parfum poétique ?
Voilà comme, paré de dehors séduisans ,
Un Apollon rêveur exhale ses accens.
Casimir aussi , lui, de la mélancolie
Fit soupirer la voix sur sa lyre ennoblie ;
Mais la France tombait sous le fer des vainqueurs ;
Mais le sang de la Grèce appelait des vengeurs ;
Et sa Muse, riant des lecteurs débonnaires,
N'offrait point à leurs pleurs des maux imaginaires.
Ah ! s'il est parmi nous de moroses rimeurs ,
Qui prétendent bannir la gaîté de nos mœurs ,
Qu'ils détournent les yeux vers la triste Hellénie,
Contre les apostats , contre la tyrannie !
Là, leur cœur, oppressé de généreux sanglots,
D'un légitime fiel peut déverser les flots.
GUSTAVE , tu le sais , nos luths patriotiques
Ensemble ont résonné pour ces Grecs héroïques.

Que n'ont-ils sous nos doigts ces accords tout puissans
Qui jadis de Tyrtée enflammaient tous les sens !
Comme pour foudroyer le Croissant sanguinaire .
Nos mains les armeraient de l'accent du tonnerre !
   Mais que dis-je ? voilà qu'en prêchant la gaîté ,
Du pathos qu'il combat mon vers fuit infecté.
Vite, ami, reprenons mes armes favorites.
Ne croyez pas pourtant, messieurs les Héraclites ,
Que j'aille regretter les Grâces et les Ris ,
Cortége officiel des Bouquets à Chloris.
Loin de nous les beaux jours où de belles marquises ,
Déplorant les rigueurs dans leurs rimes exquises ,
Les Trissotins de cour , pour charmer un salon ,
Prêtaient leur talon rouge à leur mince Apollon ;
Mais si du positif le siècle est tributaire ,
Servons sur même autel la raison et Voltaire ;
A sa grâce légère allions dans nos vers
Ces profondes leçons qu'il donne à l'univers.
Toi surtout, toi, qui suis le tragique théâtre ,
Vers cet astre éclatant tourne un œil idolâtre ,
Dusses-tu d'un autre astre éprouver le courroux. *
Rienzi souffrit déjà de cet astre jaloux ;
N'importe : cherche au ciel, non dans une lanterne ,
Des flambeaux qu'alluma la main qui nous gouverne.
L'étoile de Voltaire est un guide plus sûr
Que celle dont Paris voit pâlir l'astre obscur.

Emile L. B.

---

* L'*Etoile* , dans son examen de la tragédie de *Rienzi* , avait reproché
à l'auteur de sentir l'école de Voltaire.

RIENZI,

TRAGÉDIE EN CINQ ZACTES.

LA ROSE,
Entrant, à onze heures du soir, au corps-de-garde de la caserne.

Salut, troupiers français, noble orgueil de la Seine !
Mais, à propos, c'est moi qu'en viens d'voir une scène !
Ecoutez-moi, zenfans : je suis un troubadour,
Qui pour la tarjédie ai toujours eu d'l'amour.
Je viens de voir Rienzi ; mais demain, pour ma peine,
Si je suis au cachot mis par mon capitaine,
Je dirai comm' Voltaire, en son *Agamemnon*,
C'est le crim' qui fait l'honte, et non pas la prison.

Je vais vous jouer la pièce à moi tout seul : le rideau zest levé ; le théâtre représente comme qui dirait une espèce de réfectoire de moines, avec une chaire à prêcher dans le fond.

AIR : *Il était un p'tit homme.*

V'là que j'vois un jeune homme
Qui s'nomm' qui dit, dit y
Uberti ;
Soudain un bourgeois d'Rome
Annonce un capucin
Qui c'matin
Arriv' d'Avignon ;
Moi j'dis g'nya d'l'ognon ;
C'te barbe de sapeur,
Ça m'a ben l'air (*bis*) d'un' barbe d'amateur.

AIR : *Que le Sultan Saladin.*

Quoi ! qui dit, toi Montréal,
T'es sergent, p't-êtr' caporal,
Près du tyran sanguinaire
Qui fit fusiller ton père ! !
Qu'as-tu fait de ton serment ?
Vraiment,
Vraiment,
Dit l'autre dans ce moment,
J'en rougis ; mais faut que j'te dise
Une bêtise (*bis*).

Alors il dit comm' ça, dans un alexandrin,
Rienzi ne l'a gob'ra jamais que de ma main,
J' t'en donne mon billet ; mais, mon vieux camarade,
Ecoute auparavant une fière tirade.
J'ai des remords, vois-tu ! sache donc que mon cœur,
Comme un chien qui se noie a tici du bonheur.
Ah ! que ne suis-je encore en garnison ten France,
Sous le si biau soleil qui tapp' sur la Provence !
Là, quand ma mer' chantait une p'tite chanson,
Ma guimbarde à sa voix vite unissait son son.
Soudain sur Avignon une brise brûlante
Lâcha pour nous punir la picote volante.
Maman zà l'hôpital, où qu'alle succomba,
Avala l'abricot en appelant papa.
Dieux ! dans le même trou qu'e ne l'ai-je suivie !
J'n'étais point vacciné ; j'gobai la maladie.
J'avais beau me gratter, brûlé par la poison,
Je n'étais qu'un emplâtre.... Adieu tout' guérison.....

O bonheur! un matin deux femmes approchèrent;
Sur ma triste paillasse ensemble se penchèrent:
L'une d'elles surtout, à mes yeux étonnés,
Osait me secourir sans se boucher le nez.
Que j'eus peur de crever! Bref, apprends, cher Colonne,
Le secret conséquent qu'à deviner j'te donne.
Je suis amoureux fou de ce charmant objet;
Et c'est la fille de..... Devines-tu le fait?
Alle demeure ici.... zet ce nom si funeste
Est J, u, l, i, li.... — Ah! je comprends le reste.

AIR *du Prince d'Orange.*

L'à d'sus comme un sournois l'aut' l'i disant adieu,
Dit pour tuer Rienzi qu'il arrive en ce lieu:
En guise d'chauv'-souris, d'it y, grinçant les dents,
J'le cloue à la tribune avant qu'il soit long-temps.

AIR *de la Fanfare de Saint-Cloud.*

Mais v'là Rienzi qui s'avance;
Alors le faux capucin
S'incline dans sa présence
Et lui r'met un' lettre en main.
Il la prend, il la déplie,
Fait un geste; Colonn' sort,
En s'disant, quoique affranchie,
J'ten frai bien payer le port.

AIR: *Une Fille est un Oiseau.*

Alors dans un beau débat
Tout plein d'fleurs de rhétorique,

Rienzi dit sa politique
A Montréal qui l'combat.
De l'tuer il a grand' envie ;
Mais la pièce s'rait finie,
Et le public en furie
Redemand'rait son argent :
A moins d'être romantique,
Dans l'fait une œuvre tragique
N'commenc' pas au dénoûment (*bis*).

AIR : *C'est un Enfant.*

Mamzel Julia , zau second acte,
A son papa vient de demander
Quels nœuds il faut qu'elle contracte.
Alle est prête à se décider.
C'est , lui dit son père ,
Uberti , ma chère ;
Aim'ras-tu cet époux parfait?
— C'est déjà fait (*bis*).

AIR : *Nous nous marierons dimanche.*

Mais v'là zUberti
Qui revient ici
Avec un air tout cocasse.
La Pauvr' Julia ,
Disant que son papa
L'i a permis qu'elle l'embrasse,
De son amant ,
Timidement ,
S'approche :
L'aut' prend sa main ,
Et puis soudain

S'le reproche,
En criant va t'en,
Va, fuis un chenapan,
J'allais faire une brioche.

JULIA.

Une brioche ! ô ciel ! dis-moi si c'est d'la blague,
Ou si c'est seulement ton amour qu'extravague.

MONTRÉAL, d'un ton lugubre et noble.

De la blague ! Sais-tu que papa, chaque nuit,
Vient me tirer les pieds ; que sa voix me poursuit ;
Et que tous les matins il me d'mande, en colère,
Pourquoi j'n'ai pas encore escofié ton père !.....

JULIA.

Ho là là !

MONTRÉAL.

Sache donc que j'sommes ennemis.
Montréal est mon père, et moi je suis son fils !

(Là il faudrait 42 points ; mais il n'y a pas de place.

JULIA.

Juste ciel ! de terreur il me prend une quinte ;
Donne vite un fauteuil.... Je perds la coloquinte.

(Alors la pauvre innocente tombe entre les bras de son amant, auquel
elle recommande tout bas de ne pas la flanquer par terre.)

AIR des Trembleurs.

J'ons fait d'la belle besogne,
Dit l'amant, pas d'eau de Cologne ;
Dieux ! sa mine se renfrogne ;
La v'là morte ! J'sis pas blanc.

2

Mais les battoirs du parterre
Font un tel bruit de tonnerre,
Que bientôt la parsonnière
Rouvre les yeux en tremblant.

Crois-tu , dit-elle alors , que j'aime pour la frime
Celui qui s'dit mon père , et que poursuit ton crime?
Ah ! je sais qu'aux bambins on demande souvent :
Qu'aimes-tu mieux , mon fils, de papa zou maman?
Mais viens me demander à moi si je préfère
Le cœur d'un amoureux à la tête d'un père !
Fuis , fuis : si tu reviens, si tu n'veux t'esbigner ,
Par un gendarme alors je te fais empoigner ;
Et jusqu'au jour prochain de ton juste supplice ,
Je te fais mettre en cage à la sall' de police.

(Et puis la v'là qui se sauve tout essoufflée).

Air *de Lisbeth.*

Point du tout, monsieur Savelli
Contre Rienzi tramait dans l'ombre ;
On saisit tout c'qui rime en i :
Messieurs Mancini, Zofelli,
Arrivent enchaînés dans l'nombre.
C'est alors que l'tribun romain
Fait l'crâne, et veut tous les pourfendre ,
Et moi j'me dis, c'est bien malin :
Il sait bien qu'on n'craint rien des gens qu'on fait pendre.

Cependant, avant de les envoyer faire un tour à la place de Grève, il
voudrait en garder un pour la montre ; mais il n'y a pas mèche : ils veulent tous la gober.

Air : *J'ai dit bon tabac.*

Père capucin
Confessez ces drôles ,
Père capucin
Confessez-les bien.

Air : *Ah ! que l'amour est imprudent.*

Mais quel est donc cet aumônier ?
Me trompé-je ? Dieu me pardonne ,
J'crois connaître c'particulier ;
Eh ! c'est c'vieux sournois de Colonne.
Pour ouvrir les portes du ciel ,
Pourquoi choisir cette pratique ?
Peut-être est-ce peu naturel ;
Mais c'est beaucoup plus (*bis*) dramatique.

Air : *Les Amis sont toujours là.*

Laissez-nous , dit-il aux gendarmes :
Frères , priez pour le bourreau ;
Un chrétien y trouve des charmes :
Croyez ça , puis buvez de l'eau.
C'est moi, zamis , que j'suis Colonne ;
Un grand danger vous environne ;
Mais à Feydeau zon dit comm' ça ,
        Du courage ,
        Du courage ,
Les amis sont toujours là (*bis*).

Air : *Tenez, moi , je suis un bonhomme.*

Oui , chers amis , de la prudence ;
Puisque j'suis confesseur ici ,

Faut que j'donne une pénitence :
J'la promets donc bonne à Rienzi.
Pour que la frim' soit plus exacte ,
Recevez l'absolution.
Ainsi finit le second acte
Par un acte d'contrition (*bis*).

Le troisième acte commence par les lamentations de ce pauv' Montréal. Il est ben triste, et balance encore entre Julien zet le revenant , qui lui fait si grand' peur toutes les nuits.

AIR : *Réveillez-vous , belle endormie*.

Adieu , dit-il , Rome; peut-être
Comm' toi ce soir j'vais trépasser ;
Puis met la tête à la fenêtre
Oùs qu'il viendra se voir passer.

O Rome ! dit-il comme ça :

Jadis à toi l'pompon , par tes talens divers ,
Pour faire sept cents ans la queue à l'univers.
Mais ce n'est plus qu'en vers que tu sais être libre ,
Et qu'ici , pour la rime , on rencontre le Tibre.
Mille bombes! queu coup d'œil! Tout est sens d'sus dessous;
Tous tes marbres cassés ne valent pas cinq sous ;
Tes fils sont des capons , tes palais des baraques ;
Et je pleure sur moi devant tant de patraques !

(Ici , il n'y aurait besoin que de 17 points.)

AIR de *Cadet Roussel.*

Colonn' vient dir' tout indigné
Qu'on l'i a fermé la porte au né.

A Rienzi faut pourtant c'matin
Faire passer le goût du pain.
Montréal, rends-moi ce service ;
J'vais t'attendre dans la coulisse.
— C'est ça , le plus souvent !
Lui dit l'autre ; t'es bon enfant.

Air : *Rions , chantons , buvons , aimons.*

Qu'oses-tu là me proposer ?
Moi, trahir le chef de l'empire !
Grossier, pourrais-tu bien oser
L'assassiner sans lui rien dire ?
C'était bien mon projet aussi ;
Mais avant d'lui casser la tête,
Je compte en prévenir Rienzi :
Tu conviendras qu'c'est plus honnête (*bis*).

Montréal sort alors en montrant les poings à ce vieux chinois de Colonne ;
mais lui le regarde sortir , rêve et accouche de ce beau mot : escofié !

Air : *Je lui cassai la gueule et la mâchoire.*

Mais voilà qu'un certain Zéro ,
Qu'a l'air d'arriver du Congo ,
Vient encore embrouiller l'histoire.
Au milieu d'un tas de gamins
Qui, nés à Paris, sont Romains,
        A not' tyran,
    Dit-il , dans l'instant,
Faut casser la gueule et la mâchoire.

J't'en casse , dit Rienzi, qui lui tomb' sur les bras :
Viens-y donc , toi qui fais si bien tes embarras.
                    (Il monte en chaire.)

Je n'en dois plus douter, une clique ennemie,
D'un vrai tas de cancans s'arme contre ma vie.
La noblesse partout excite des complots;
Mais je la vois venir avec ses gros sabots.

Les Colonne, Romains, veulent vous faire au même;
Vous brouiller avec moi, voilà tout leur système.
Messieurs, de m'écouter voulez-vous m'fair' l'honneur?
Vous aviez, quand j'vous vis, un beau chien de bonheur:
Le giboulin, le greffe, en d'affreuses bisbilles,
Avec des os de morts osaient jouer aux quilles;
Alors la bande noire arrachait vos palais,
Pour les revendre au monde en détail ou complets;
Enfin, Monsieur Franchet, avec tout' sa milice,
Eût perdu son latin pour faire la police.
Je parus: on me vit; je fis cesser tout ça.
Mais ce tas de gueusars, que mon nom dispersa,
Dans Préneste enfermés, et bravant ma personne,
S'y font dans leurs projets sout'nir par des Colonne:
C'est une guerre à mort. Ces gaillards-là, messieurs,
Tant qu'ils verront le jour n'auront pas froid aux yeux.
Ils dérangent toujours les plans que je veux suivre;
Il faut donc les tuer pour leur apprendre à vivre.
Mais si vous caponnez, aux fers tendez les mains.
Vainquons-nous? j'ôte alors mon chapeau zaux Romains.
D'un pays de Cocagne acceptez les prémices!
J'vous rends macaroni, cass' museaux, pains d'épices,
Ce Forum où gratis on soûlait les valets,
Où le vainqueur de l'Inde apporta les Persets.
Oui, Rome, avant huit jours que ta voix me réponde,
Et chez toi la fourchette est le sceptre du monde!

Grand Dieu, qui zici bas colloquas les mortels,
Toi dont j'ai r'mis à neuf le culte et les autels,
Ah! si tu veux punir les bamboches d'nos frères,
Ne leur donn' plus le fouet, surtout sur nos derrières.

(Il se penche sur la chaise, et marmotte un pater.)

Après une seconde tirade, presque aussi conséquente que la première, qui n'est pas mince, et dans laquelle il monte la tête aux bourgeois de la garnison, il descend enfin de sa chaise, et puis il ajoute :

C'est peu que la vaillance,
Si le noble pompon n'est pas sa récompense ;
Amis, honorons-la dans ce particulier.

(Il montre Montréal.)

MONTRÉAL, à part.

Me v'là frit !

RIENZI.

Dans la garde il est fait grenadier.

MONTRÉAL.

(Haut.)   (Bas.)
Commandant.... j'suis flambé s'il m'ordonne un parjure!

RIENZI, lui présentant un briquet dégainé que tenait un postillon.

Ta bouche n'a jamais lâché zune imposture :
Sur ta parol' d'honneur, ici promets-moi donc
De tuer l'assassin.....

MONTRÉAL, empoignant le briquet.

J'l'en r r r répatapond ! ! !

AIR : *A boire, à boire.*

Aux arm', aux arm', aux armes!
Pourquoi ce cri d'alarmes ?

C'est zun certain Macaroni
Qui fait l'tambour et gueule ainsi.

Air *du Major Palmer.*

A c'te bruyante parole,
Qui s'trouve là fort de saison,
Vite on songe au Capitole,
Comm' si criait un oison.
Viens, mon fils, viens que j't'embrasse,
Dit Rienzi zà Montréal.
V'là l'moment, m'disais-je en place,
Il va l'tuer: ça m'est égal.
Oui, mais si l'public s'en moque,
Mamzel Julia vient tout d'go :
Ciel ! papa bat la breloque,
Dit-elle, il a l'vertigo.
Papa, vot' raison s'embrouille,
Vous t'nez un assassineur.
— Allez filer vot' quenouille,
Mamzel, moi je n'ai pas peur.
—Je n'viens point à propos d'botte ;
Il veut vous donner l'trépas.
—Taisez-vous, petite sotte,
Cela ne vous r'garde pas (*bis*).

Alors Rienzi tire son sabre ; et, pour terminer le troisième acte par quelque chose de bien ronflant, il s'écrie :

Allons, brav' guernadiers,
De Préneste à Tibur faisons de vieux souliers.
Partez tous du pied gauche, et montrez votre audace ;
Gardez-vous en tombant de faire la grimace.
Quoique morts, c'est égal, battez-vous sans effroi ;
Enterrez-moi si j'meurs ; si je fuis, rossez-moi !

(Par le flanc droit, droite, par file à gauche, en avant, marche.)

Au quatrième acte, ce n'est plus Montréal qui commence : chacun son tour. Ce pauvre Colonne raconte à Zéro la volée qu'il vient de recevoir. Montréal l'a rossé d'importance; mais il ne désespère pas encore ; et puisqu'on a la bonté de ne pas le mettre à la porte de chez Rienzi , il fait la petite causette avec son camarade Zéro , et lui explique ses projets.

AIR : *Souvent la nuit quand je sommeille.*

Mon cher Zéro, faut que j'te dise
Que j'suis las de dissimuler;
Au public de peur de surprise,
Ma foi, je vais tout dévoiler.
Ici près, Rienzi, sans ombrage,
Doit v'nir; je l'tuerai zà l'instant :
Tant pis pour toi si l'dénoûment
Ne t'en apprend pas davantage (*bis*).

AIR : *On va lui percer les flancs.*

Mais j'entends l'tambour battant,
Plan, plan, rantanplan,
Tire-lire en plan;
Colonn' prend,
C'est plus prudent,
La poudre d'escampette.
Ma foi c'n'est pas si bête,
Son affaire était faite,
Car Rienzi soupçonne enfin
Que c'malin
Qui fait l'capucin,
Pour le tuer est p't-être ben
Un Colonne en jaquette.

En conséquence, il ordonne au fidèle Macaroni de le faire empoigner ; mais prends garde de le perdre, on le trouvera. Par-là-dessus Montréal vient se faire gronder d'avoir tapé trop fort dans la bataille contre les

Colonne ; et Rienzi lui reproche d'avoir risqué de s'y faire estropier par imprudence.

AIR : *Que j'aime à voir les Hirondelles.*

Pourtant, qui dit, j'te donn' ma fille,
T'es bon garçon, sois donc heureux;
T'auras avec ell' d'la famille,
Et je renaîtrons tous les deux.
Des enfans! ah! papa beau-père,
Que j'voudrais en avoir, hélas!
Mais pour en avoir, faut en faire:
Ça n'se peut pas (*bis*).

RIENZI, d'un ton affectueux.

Comment ça n'se peut pas! Allons donc, pas d'bêtise;
T'as l'air d'un cornichon.

MONTRÉAL.

Ah! tout ça me défrise!
Sais-tu zenfin à qui t'as l'honneur de parler?
Pourquoi j'étais chez toi?

RIENZI.

Pour me voir.

MONTRÉAL, grinçant les dents.

T'inmoler!

Entends-tu le français?

RIENZI.

Ah! si tu n'es qu'un traître,
A cet air en-dessous comment te reconnaître?

MONTRÉAL.

Je t'en veux diablement..... T'as tué Montréal.

RIENZI.

Il n'l'avait pas volé ; car ce vilain brutal
Me voulut un beau jour fair' descendre la garde.

MONTRÉAL.

Pas vrai ; c'était papa ! ! Zallons , mets-toi zen garde.
Viens, j'ai soif de ton sang.   (Il dégaine son briquet).

RIENZI , avec calme et dignité.

C'est d'la joli' boisson.

MONTRÉAL.

L'honneur.....

RIENZI , avec noblesse.

Dirait-on pas que j'suis t'un polisson?
Le salut de l'état est assis sur ma tête.

MONTRÉAL.

Tu caponnes, tyran..... Viens donc : qu'est-c' qui t'arrête?
D'un coup d'sabre avec moi t'as peur de t'rafraîchir.

RIENZI.

Tiens , r'garde-moi dans l'œil; ai-je peur de mourir ?
Va joindre l'ennemi que j'ai battu zà Rome ;
J'ai de quoi dans l'instant te fair' trouver ton homme.
Ma garde est près d'ici.

MONTRÉAL.

Faux crâne , défends-toi !

RIENZI.

Fuis....

MONTRÉAL.

V'là Julia.... Cieux , dégringolez sur moi !
                          (Il rengaine son briquet.)

Air : *Vive le vin de Ramponneau.*

Rienzi, pour raccommoder l'fait,
Sans scrupule
Dissimule.
Peut-être, dit-il, qu'en effet
Un beau plumet
M'l'enchaînerait
Net.
T'es bon enfant,
Et vraiment
Dans c'moment
L'régiment
Te décern' la couronne.
Puisque te v'là,
Julia,
C'garçon-là
Veut, oui dà,
Que ta main la lui donne.
Mais Montréal, en vrai grognon,
Répond,
Je n'veux pas de ton chiffon,
Non.

Et puis, s'adressant aux bourgeois :

Messieurs, vot' serviteur est Cadet Montréal.
Je viens venger mon père..... O vertigo fatal !
Je me suis fait conscrit pour vous, Romains, j'm'en pique.
Je vous aime, mais lui, je l'aim' comm' la colique.
En loyal guernadier, ici zà ce brigand,
Pour qu'il en vienne aux mains, je lui jette le gant.

(Il lui jette sa mitaine.)

JULIA , courant à lui.

O ciel! tu ferais là de la belle besogne.
Songe.....

MONTRÉAL , à Rienzi.

Adieu..... je t'attends ce soir au bois d'Boulogne.

Comme de raison , Julia tombe encore tout doucement évanouie pendant que tout le monde se sauve avec Montréal. Mais en v'là ben d'une autre , le pauvre Macaroni, qui est un ami chaud de Rienzi , arrive tout essoufflé.

AIR *de la Petite Poste de Paris.*

Ah! monseigneur, ah! monseigneur,
Tout est chez vous dans la rumeur.
Vous savez ben ce pélerin?
Il vient de faire un joli train :
Dans un instant craignez ses coups ;
L'orage va fondre sur vous.

AIR : *Trouverez-vous un parlement.*

Ciel! que dis-tu , Macaroni?
C'était Colonne ; ah ! quelle audace !
Il faut en convenir aussi ,
J'ai tété zun peu trop bonasse.
L'orage menace ma peau ;
Tu l'dis ; mais faut-il que je fuie ?
Env'loppons-nous dans mon drapeau,
Il m'servira de parapluie.

Et le rideau tombe sur le quatrième acte.

LA ROSE.

Ah ! ça , camarades, je crois que vous vous endormez;
je vais donc faire comme l'auteur , et vous bâcler le cin-

quième acte en deux temps, et tout plein de mouvemens ;
par exemple : le rideau zest levé, et j'voyons comme qui
dirait une partie de la butte Montmartre, avec le grand
escalier de Versailles au pied.

C'est encore Colonne et Montréal qui se disputent. Mais du coup
Colonne a pris son grand uniforme, et veut absolument que Montréal rem-
plisse son serment en tuant Rienzi ; mais lui n'y tient pas beaucoup,
quoiqu'il en dise, de sorte qu'il lui répond :

Moi me mettre marchand de liberté romaine !
Voulant aimer, haïr sans prendre de mitaine,
Montréal des Romains fidèle grenadier,
N'descend pas à la cave, il vous monte au grenier.

AIR *de la Fanfare de Saint-Cloud.*

Mais hélas ! le pauvre sire
Va payer cher son bon mot ;
Car pendant qu'il se retire,
L'autre qui n'est pas manchot,
Dit à ses gens : Qu'on s'dépêche ;
Suivez c'garçon, et surtout,
Avant ce soir, qu'on le pêche
Dans les filets de Saint-Cloud.

AIR : *Entends-tu l'appel qui sonne ?*

Mais au pied du Capitole,
        En fureur
    Le peuple vient vainqueur.
De gaîté je caracolle,
    Dit Colonn', j'suis dictateur (*bis*).

Que j'empoigne l'tyran de Rome,
Dit un malin d'l'halle au blé ;
Sous c'te patte, j'vous l'assomme ,
Oùs qu'il est donc.......

AIR : *Me voilà , me voilà.*

Le voici, le voici,
Pour vous que faut-il faire ?
Le voici, le voici ,
Le voici, c'est ben moi qu'est Rienzi.

Alors il descend l'escalier sans se presser ; et tous ces faiseurs d'embarras le laissent passer , et lui ôtent encore leur chapeau par-dessus le marché. Mais Colonne , qui accourt furieux , s'écrie :

AIR : *Adoremus in æternum.*

Adorez bien c't'homme loyal,
Il vient de tuer l'jeune Montréal.

AIR : *J'arrive à pied de province.*

Traître, qu'est ton nom ? prononce,
Crois-tu que tu s'ras cru ?
— Toi, t'es cuit, v'là ma réponse,
Tiens , me r'connais-tu ?
L'autre, étonné d'la bourrasque,
Dit , sentant l'poignard,
Hélas ! j'te connais, beau masque ,
Mais c'est un peu tard !

(Avec une voix de ventriloque.)

Au fils de Montréal , c'est toi qu'as joué c'tour.
Adieu..... Comme là bas je m'en vais sans retour ,
J'emporte en mon paquet tous les destins de Rome.

(Il passe.)

COLONNE.

Rienzi fut un gueusar !

MACARONI.

Rienzi fut un brave homme !

LA ROSE.

N, i, ni, c'est fini. Moi que je suis hupé,
Je réponds que c'début aux oiseaux est tapé.
Peut-être bien qu'ici ma Muse avec prétexte,
Tant soit peu de l'auteur a zaltéré le texte ;
Mais vous savez, enfans, qu'un poète tambour
N'a pas au corps-de-garde un langage de cour.